KB107039

시간과 공간

시간과 공간

박지애 시집

불교문예

시간은 신의 방향으로 흐른다
시간의 방향은 신의 방향이다
신은 우리를 기다리고
우리는 신을 기다린다
시간이 해결할 것이다
시간이 되면 하나로 만날 것이다
― 본문, 「35」 중에서

|차례|

■ 시인의 말

▨ ▨ ▨

** 시간과 공간

01

멀리 와버렸다

힉스

그 속은 희열과 환희

기억하는 고향이다

빅뱅이 시작되면서 우린 떠났다

기나긴 여정

그리고 멀리 떠나온 후유증으로

고향을 잊고

우리가 하나인 것도 잊고

고독한 혼자-하나가 아닌-가 됐다

빅뱅 파편 튕기며

우주 끝자락 지구인이 되었다

막막하다

어디로 가야 할까?

누구일까?

기억이 문제다

기억은 지식이고

확실한 지식은 믿음이 된다

02

무명無明

잊어버림 가혹하다

기억해 낼까?

고향을 슬쩍-극히 슬쩍- 본 건 꿈에서

가야 하는 기다리는 본체로

기억하는 건 높이

높다

포기할 수 없는 건

무명! 깊숙한 아래를 체험했기에

아득한 높이 고향만큼 아득하게 떨어진 현재 위치

높이 가는 방법은 잊었지만

낭떠러지 지도는 기억하고 있다

어두운 뒷골목 헤매며 얻은 추락 세밀한 지도

03

깊을수록 좁다

웅크리고 간 곳

무명이 이글거리고

겪었기에 시퍼렇다

내려간 만큼 올라갈 수 있겠지

무명이던 만큼 밝아지겠지

깊이의 저력으로 올라갈 것이다

떨어진 오기로

더 떨어질 곳이 없다

깊이와 높이

밑에서 서성이던 마음

높이를 향해 삽 들었다

높이로 각 잡았다

목표는 성불이다

우주 결론은 성불이잖아

무명이 영역에서 높이를 본다

쉽지 않는 도전이고

서로의 영역 내주지 않을 것이다

우주宇宙 – 공간空間과 시간時間

04

왜 혹독할까?

깊숙이 떨어졌을 때 마음

우주 고아 '나'-아상-라는 Character 확신하고

지구 습관이다 '나'란 Identity 익히고

'나'는 내 것이 됐고

지구에 갇혔다

지구에 눅눅하게 적셔있는 감정은 12연기다

마음 쩍쩍 달라붙은 연기緣起

힉스에서 시작한 게임

집으로 돌아가는 게임 - 성불- 붓다와 계약한

돌아가야 하지만

지구 정자 난자에 12연기 가득하다

12가지 유전자 높이를 막고 있다

05

시간과 공간

지구는 고향에서 먼 별이다

거리와 시간 멀어지면서

파편의 운명은 윤회에 갇혔다

시작할 때 순수하고 고결하고 유머러스한 에너지

정갈하던 IDEA는 터지면서 먼지 티끌로 뭉쳤고

고향의 순결을 떨어뜨리고

'하나'의 존재가 낱알로 인식되고

파편들 각각의 인간이 되고

아니 적이 되었다

뭉칠 수 없는 모래알

아버지조차 남이다

06

빛이었던 모습 250억 년 시공으로 멀어지면서

빛에 몸을 입히고 몸 안에 빛을 가두었다

몸이 기억하는 것은 지구 역사

−혼란 기아 전쟁 불신⋯−

3차원을 자랑스러워했고

거룩한 빛들은 어그정 어그정 땅을 걸으며

두 발로 선 털 없는 원숭이

물이 있는 별을 찾았다

3차원 물을 먹어야 살 수 있는 원숭이

그러나 우주엔 물을 마셔야 사는 몸에

갇힌 별은 지극히 없다

지구를 침공할 별을 관찰했지만

지구를 공격할 별은 없다

지구를 차지하고 싶은 우주인은 없다

석가나 예수처럼 지구를 돕고 싶은 외계인은 있어도

중력에 갇히는 별을 탐내는 외계인은 없다

07

원숭이로 전락한 빛

시간과 공간이 만든 슬픔이다

윤회의 DNA

살벌해지고 거칠어진 지구로 뭉쳤다

우주로부터 외계인들－석가와 예수 마호메트－이 와서

태초를 얘기하고 원래 상태를 설교했지만

그것은 '성불' 거창한 단어가 돼버렸고

성불의 존재인 －원숭이－는

'누구?' 는 어려운 질문이 됐고

250억 년 전의 빅뱅을 어떻게 기억할까?

윤회 계속 돌고 있다

08

그것이 죄인가?

'내가 누군지'

태초를 잊는 무명

빛의 존재를 잊는 망각!

우주에선 그렇다

존재를 잊는 것

가문을 잊는 것

혈통을 잊는 것

망각이 죄다

뒷골목 지구에 갇힌 빛

지옥이 있는 이유다

09

-원숭이-는 '지옥'에 갈만한 죄를 짓지 못한다
우주적인 범죄 어렵다
우주에 해롭 끼치는 차원이 아니다
불끈 주먹 쥐어도 지구 내에서 다투고
훔치고 때리고 살인…
지굴 넘진 못한다
뒷골목을 집이라고 우기는 인간
3차원 땅에 만족하는
쑥덕거리는
-인간-이 마음에 밴 것이다
'지옥'은 기억 살리기 위한 조치다
돌아가게 하는 것이 지옥의 임무다
아버지를 기억하는 것
'지옥'을 우주에 지은 아버지 뜻이다

10

명망 높은 족속

성스러운 핏줄

아버지를 괴롭히는 건 아버지를 알아보지 못하는 것

충분히 어슬렁거렸다

집 나온 지 오래됐고 지구에 머문지도 꽤 됐다

집으로 돌아가는 mission '성불'을 꺼내야 되고

어려운 단어 '성불'을 만져야 한다

우주 혈통을 찾아야 하고

벅찬 친자 소송이지만 아버지에 익숙해야 한다

아버지를 기다리게 하는 것이 탕자의 죄다

지옥에서 버티는 아들이 우주적 범죄

차라리 지옥이 필요하다

지옥이 달려올 때 원초적으로 "아버지!" 본능을 불려오는

윤회 DNA를 부수고 나오는

근원을 일깨우게

망각을 뚫고 기억을 찾는

지옥은 아버지가 아들을 부르는 소리다

11

삽을 들고 높이를 파지만

우주를 파 올라가면 낭패인 걸 알았다

이 땅에서부터 올라갈 수는 없다

지구에서 파 올라가면 윤회에 잡힌다

12연기 바글거리는 지구

패기의 삽질은 오래가지 못할 것이다

시도해 봤지만 연이은 실패

삽질의 방향이 문제다

온 길에서 시작해야 한다

'위' 기억하자

위로부터 파 내려와야 된다

윤회 덕실거리는 신발을 털고

태초에 서야 된다

빅뱅에서 첫 삽 퍼야 된다

우주 파 내려오는 행위가 파 올라가기보다 쉽다

뒷골목에서 그나마 얻은 우주 실마리

큰 수확이지 않나

삽을 들고 태초로 갈 것이다
모든 걸 기억하고 있는 우주
삽을 높이 들었다

12

빅뱅을 떠올리지만

명상 속으로 지구가 들어온다

지구가 흥건하다

–나–'아상'를 일으키는 지구

지구 DNA는 강력하다

40억 년 동안 굳어진

지구 중력으로 잡아당기는

윤회

40억 년 지배한 지구의 유혹

그것은 눈 코 입 귀 몸 촉감으로 만져지고

사실적 매력이고 생계형 운명이고

시간을 다투는 실상이다

13

남자는 일 해야 하고

여자는 아이를 낳아야 한다

지구 형벌이다

그 운명이 질겨서 귀가歸家가 미뤄졌다

명상에 묻혀있다가도 일하는 남자, 애 낳는 여자로

윤회에 끌려 나온다

여자와 남자는 지구에서 명상할 수 없다

남자와 여자의 대화는 12연기다

세포 속 윤회의 핵으로 박혀있다

죽음이 허상을 삼킬 것을 알지만

강한 규칙 '일하는 남자, 애 낳는 여자'

모태로 다시 들어간다

허상이 pattern처럼 굳은 지구

착색된 12연기 땅

14

지구의 기도

'먹게 해 달라

먹이게 해 달라'

길 찾는 기도가 아니다

먹는 것과 먹이는 것

그것은 집으로 가는 길을 막았고

고통스런 기도였으나 고통의 본체는 몰랐다

좀비처럼 지구 운명이 달려들었고

거짓. 콜타르처럼 접착됐다

전생의 업력인가?

안이비설신의 구석구석 붙어있다

법칙처럼 고통이 오는 땅

아픔이 우주의 pattern인 것처럼

시간마다 공간마다

고통 자체를 해석하다 보면 해답에서 멀다

고통이 요구하는 방향을 보자

고통을 장치한 신의 뜻

지구 성공이 우주 목적은 아니다

지구 방식의 성공은 빛의 목적이 아니다

빛이 줄 것은 영원이지 순간이 아니다

250억 년 전 힉스 속 빛은

냄새 보이지도 만질 수도 없는 아득한 유혹이나

빛은 단호하다

빛의 고집 이기진 못할 것이다

15

방향의 전향轉向

획기적이다

붓다를 보는 마음

성불로 방향 잡는

소문으로 듣던 성불

250만 년 전 집 떠날 때

다시 돌아오기 mission - 성불-

약속한 지 250만 년

기억해 내고 있다

윤회에 묻힌 콘크리트 속에서

움직임은 쳐다보는 것

윤회 속에서 마음 펼친다

고개를 흔든다

숙여져 고정됐던 머리

파란 하늘이 어색하다

16

고착 속에서 마음이 움직인다

점과 점을 잡아 직선으로 당긴다

끝과 끝을 잡으며

선은 어설픈 원이 된다

쑥스러운 원이지만 마음이 공간을 확보했다

쭈글쭈글 동그라미에 날숨을 내뱉고

마음이 숨 쉰다는 걸 알았다

심폐 소생술은 방향 전환이었다

마음이 첫 숨을 쉬며 가능성을 봤다

죽었던 마음 살린 것이다

아니 없었던 마음 찾은 것이다

두 번째 날숨이 쭈글어진 모양을 폈다

위를 향한 들숨 날숨

마음이 생기로 찼다

용감해졌다

반지름과 원둘레로 진격한다

동그라미 안에서 들숨을!

공간을 가진 거다
지구에서 타인의 시선에서 셋방 살던
마음이 공간을 얻었다
아무도 볼 수 없는 비밀 공간
명상이 동그라미를 만들었고
날숨 들숨 숨을 쉬며 명상을 살려냈다

17

동그라미에 만다라를 그리고 싶다

연필을 만지지만 먼 이야기

동그라미 완성돼야 선禪을 그릴 것이다

만다라를 짓기에 협소한 동그라미지만

처음 가진 내 땅에 만다라 짓고 싶다

연필을 그었다

12연기가 밑그림으로 소묘된 도화지

연필은 명상을 할 것이다

막막함을 뚫고 나갔다

수행의 또 다른 형태

윤회를 감추려 짙은 선禪을 그린다

도화지가 땀을 내는 건

윤회의 선명함 때문이다

연필은 수행을 모아서

도화지에 선禪을 그었다

모자란다

미흡한 수행이 심芯에 힘만 준다

끝 보이지 않던 투쟁
심芯을 다할 때 만다라는 볼 수 없었지만
꽃이 보였다
향이 났다
12연기 조각상들이 이방 신전처럼 늘어선 곳에
향이 났다
만다라에 닿지 않았지만
꽃이 피었다
중력을 넘어 중력에 잡히지 않는 꽃
영원을 찾아
빅뱅을 거슬러
집으로 돌아가겠다는 선언이다

18

일하는 남자, 애 낳는 여자도

늙으면 12연기는 안다

피해갈 여력이 생긴다

다 본 나이다

늙음의 성과다

지구 밑바닥을 안 것이다

늙은이 지구는 만만하다

더 볼 것이 없는

12연기를 너머 지구 너머를 기웃거릴 나이

누구나 그렇다

지구 너머를 수행할 때가 왔다

250억 년 동안의 화두

어려웠던 화두

영혼 우주와 같아지는 것

예정해 놓은 시간

가야 할 땅

젖과 꿀이 흐르는 시간

노인이 설렌다

탁한 눈이 빛난다

늙음은 파랗다

더듬으며

신의 윤곽 우리 미래의 모습

읽는다 그의 얼굴

우주

19

계시록의 마지막 장을 덮자
예수는 말했다
"석가에게로 가라"
놀람! 크게 뜬 두 눈 위에다
"가르침 더 굳건하게 될 거야"
진실로 어려웠다
통렬히 옷자락 잡았지만
얼굴을 보여주지 않았다
안다
신神 지독한 성정
기필코 그의 일을 하는
지구 온 외계인 석가와 예수

집에 돌아가자는 설득을 위해
우주의 별을 가리킬 줄 알았다
마음을 가르쳤다
지도는 마음에 있었다

마음속 별을 일러 주었다
믿기 어려웠다
그러나 CHART 1을 믿기 전
CHART 2를 넘기지 않았다

보살 52 화엄경의 마지막을 덮자
석가는 예수에게 가라고 했다
뭐 하는 짓인지
지독한 우주인들

20

석가 밑에서 성경을 읽고

예수의 가르침으로 불경을 읽었다

같은 얘기를 다른 방식으로 할 뿐

그들은 같은 곳에서 왔고

같은 곳으로 갔다

동양에 오신 석가

서양에 오신 예수

예수는 짧고 진하게 에스프레소처럼 말했고

석가는 쉽고 부드럽게 아메리카노처럼 설법했다

석가로 예수가 뚜렷해지고

예수로 석가가 풍부해졌다

젊음 예수와 닦던 믿음

전투처럼 배운 단어다

그 엄청난 글자가 성불에 도전하는 단어가 됐다

젊음에 무장하던 그 언어들이 마음 가득했기에

전투적인 성경으로 불경에 침투했다

21

오래된 책

다가가지 않는 책으로 전락한

2000년 넘게 읽어 버린

그러나 세상 끝날 다시 명심할 책

다시 접근하게 하는 것

청춘과 노년의 시간이 결합하면서

석가와 예수가 한자리에 앉았다

불경은 성경을 넓게 했고

성경은 불경을 깊게 뚫게 했다

말씀과 말씀이 엮이며 시너지를 냈고

다시 빠져들었다

하나만으로도 충분했지만

둘이 섞이면서 진실이 더 빛을 냈고

그것이 뭉칠 때 미련한 마음

아! 우주를 봐 버렸다

22

성경과 불경이 합치면서 우주로 나갔다

우주와 우주가 씨실과 날실로

우주 무늬를 내면서

처음 듣는 소리들이 나왔다

신이 하시는 -낯설게 하는- 방식이었다

우주 탐험에 어느 한쪽도 없으면 안 될 경전은

섞이며 한 장 명확한 지도가 됐다

인생을 다해 읽어낸 우주 동양과 서양 두꺼운 책

가야할 땅의 지식이 적혀있다

불경과 성경을 한 책상에 놓이면서

우주비밀의 밀서密書는 완성됐다

우주에서 온 책이다

우주인들-석가 예수-가 가져온

빅뱅의 사연이 들어있는 문서

같은 우주를 설교했지만

다른 가도를 설파했고

각도를 틀면 둥근 우주가 됐다

불경으로 성령을 얻고

성경으로 성불했다

23

고독해야 한다

주위 물렸다

왕도가 없다

시간 투자할 뿐이다

우주 읽기 위해선

젊음의 투쟁과 노년의 명상이 섞어야 한다

화학반응이 일어났다

포화상태의 명상

명상은 에너지가 됐고

에너지는 믿음이다

믿음이 상승하며 12연기-크게 보이던-가 작게 보이고

흥미를 잃었다

위로 향할 믿음

탈출구 EXIT

상승만이 우주임을 확신하는

날아야 한다

날아야 영혼이다

영혼이 중력에 갇혀 땅을 밟고 걷는 건

본 모습이 아니다

날자

지구에 갇힌 영혼들

24

마음!

마음은 우주 내내 어렵다

우주 공간과 시간의 시험지 '마음'

모퉁이 증오가 우주를 태울 수도

겨자씨만큼 질투가 시간을 태울 수도

마음의 괴력을 알았을 때

-포기-를 써내려 했다

그러나 우주에 포기라는 답지는 없었다

괴물이 우주 시험지다

괴물!

형체 뚜렷할 때까지

지구에 디디고

분노와 미움 지구 감정이 거미줄로 엮인 마음에서

아픔이 실제 땅이듯

아픔이 내 땅이듯

반대급부 기쁨도 내 땅이다

25

과거로 미래를 상상하고

현재로 과거를 과거로 현재를

과거의 이유 현재가 되고 현재로 과거를 본다

현재를 볼수록 과거 미래가 보였고

시간은 영역을 넓혔고

시간 역시 관찰해야 마음에 들어왔고

관찰해야 내 시간이 됐고

관찰한 만큼의 크기만 보여줬다

없었다 지금 보여지는 시간 관찰하기 전에는

우주가 겁 단위의 시간을 펼치고 있는 것도

시간 명상 전엔 없는 존재였다

마음이 바라봐야 존재한다

이미 내 것이었지만 아직 내 것이 아니었다

26

배설물 흘리고 다닐 뿐인 지구인

그러나 성불할 수 있는 존재임을 증명한 석가

털없는 원숭이면서 석가와 같은 종種 붓다

신비!

지구 위에서 성불

비상비비상 도솔천 천인들만 하는 것이 아니다

분뇨와 오물 몸속에 들어있는

비참한 존재면서 교만하고

나약하면서 폭발하는

더러우면서 고상한 척하는

원숭이의 마음이 성불할 수 있다

신비!

지구에서 성불

빅뱅 흩어지면서 고향 입자 하나 챙기지 못하고

멀리 떨어진 마음 조각

태생을 잃어버리고 잊어버린 채

먼 시공에서 사는

풍문으로 성불이란 소문을 듣고

절방을 드나들며

석가의 성불

도전 부추기는 설법

의심하며 믿으며

명상에선 허공을 달리고, 눈 뜬 세계는 무無

27

소파 한쪽이면 충분하다 공간

시간은 늘 모자랐다

허용된 시간은 얼마일까?

도려내고 명상할 시간

얼마의 시간이 허용되었을까?

아니 얼마의 시간을 감당해야 할까?

시간은 그렇다

법화경에서 얘기하는 시간의 크기

그 시간을 견디는 보살들

지옥을 녹이고 천상도 먼지 같은 시간으로 말했으니

공간만큼이나

아니 그보다 더

시간은 광활하게 다가왔다

잊고 있었고

무명이였다

그 시간 속에서 시간을

우주가 허락한 시간이란 존재

우주를 품기 가능한 크기 겁劫

겁의 단위

인간

시간을 소화할 수 있을까?

소중히 다루어야 할 우주의 시간

빅뱅 순간부터 우주는 달리는 시간

시간은 쉬지 않을 것이다

28

결국 감당하면서

죽음을 초월하면서

존재의 목적 – 성불–로 돌아가는

시간이 허락하며 이루어진다

공간의 나그네인 만큼 시간의 나그네

공간만큼 시간이란 화두

허락된 시간 겁의 단위지만

찰나도 흘릴 수 없는

시간은 우주의 호흡

순간을 살면서 영원을 사는

순간이 영원이고 영원이 순간인

영원이 순간으로 걸어들어 왔고

순간이 영원으로 들어갔다

순간도 영원도 마음에 넣을 것이다

순간을 이어 붙인 시간은 희망이 되고

희망이 된 시간은 우주의 선물이다

29

교도소로 가는 마음은 무너질 것이다

그러나 거기도 우주고 비로자나불의 땅이다

그곳 목표, 담장 너머와 다르지 않다 – 성불–

공간의 허락은 없지만

시간은 허용된 곳이다

충분한 조건일 수도 있다

모든 것이 뺏긴 곳

시간이 있다

황폐한 곳이지만 풍성한 곳일 수도

늘 의아했다

저곳은 왜 우주에 있을까?

마음 얻기 위해서다

마음 다잡는다면 얻을 것이다 그곳이라도

–성불–의 땅

30

시계가 딸깍딸깍 후비며 소리 낸다
누가 시간에 대해 말해주던가?
시간의 의미, 태초의 시간, 우주의 시간
설법하던 예수 석가
가슴을 쓸어내린다
우주인들 오지 않았더라면
지구는 답을 얻지 못했을 것
설법은 지구를 구원했고
설법은 과학이고
무명無明에서 벗어나고
우주로 들어가게 했다
별을 위해서도 black matter,
은하계를 위해서도 아니다
마음 다루기 위한 시간
시간을 보고 마음을 보고
마음 보통이 아니란 것
괴물!
시간은 괴물을 위해서다

31

시간은 기적이다

늙을수록 경이롭다

공간은 한정할 수 있다

나이 들수록 공간에 갇힌다

그럴 때 시간에 집중한다

시간을 본다

전생을 보고 미래를 본다

시간이 보인다

공간이 없는 곳에서 시간이 선명해진다

죽음에 새겨보는 건 시간이다

그리고 시간으로 갈릴 것이다 공간

원하는 명상은 얻었는가?

시간을 얻었다면 시간은 끝날 것이다

시간에서 해방이다

시간을 봤다면

우주를 봤다

공간으로 깨닫듯

시간으로 깨닫는다

공간과 시간으로 완벽해질 것이다

시간을 법화경에서 보고

그나마 화엄경에서 공간을 보는 인간

지구에 갇혔으므로

마음이 얻을 때까지 시간을 허락한 우주

자르지 않고 펼쳐주신 시간 가피加被

미물의 득도를 위한 시간

우주가 다가오는

우주에 다가가는

신비!

32

죽음이 다가오는 우주의 노크 소리

시간을 견뎌낸

시간까지 버텨낸 마음

시간은 권리면서 의무였다

시간만큼 전투했던 인연들

말하지 않아도 안다

여정이 어땠는지

시간을 – 또 다른–받으러 떠난다

빈손으로 가지 않는다

산 시간을 보여주러 간다

빈손으로 태어나지 않는다

시간을 쥐고 태어난다

앞으로의 시간, 두고 가는 시간

공간은 다시 갈 수도 있지만–우주 전체를–

시간은 그렇지 않다

시간이 절박한 이유다

33

시간에 괴팍했다

시간은 포기의 대상이 아니므로

시간을 이유 없이 흘릴 순 없으니

시간의 양과 질 앞에

시간에 정직하지 않을 때

채우지 않는 시간은 폭력이 된다

성실한 시간은 천국이다

시간에 어설프면 두려움이다

아직 하루가 주어진다

우주는 줄 수 있는 최고를 줬다

하루도 격렬해야지

시간을 용접해서 엮어온 시간

억겁의 단위지만 한정된 시간이다

34

미움에 시간을 뺏겼었다

미움은 틀을 갖추고

근거를 가지고 설득해 들어왔다

항쟁했으나

미움 어려웠다

날카롭게 싹둑 나의 시간을 베어갔다

뺏긴 건 패배다

시간을 미움에게 줬다

패배는 시간을 죽인 것

시간 살인자

교만에도 시간을 줬었고 질투 허영⋯⋯에도

시간을 줬다

많은 시간을 죽였다

시간을 지켜내지 못했다

시간을 노리는 정글에서 오랫동안 패배했다

분별해 내지 못하고

골라내지 못하고 뺏겼다

그러나 우주의 발을 잡고 우뚝 서면

미움 질투 교만 허영⋯⋯에 인연 엮여

있는 법法을 본다

치밀하게 진행하고 있는 법

그 법을 읽고 순응하면 시간을 덜 잃는다

법이 미움을 징벌하고

물을 부어 미움을 꺼트린다

상승할수록 법에 집중한다

그나마 시간을 덜 잃는다

35

청춘들이 아프다고 할 때
무섭다
같은 시간 여행 중인 청춘
아무것도 모르겠다는 눈동자
무섭다
그 눈동자로 견뎌내겠지
눈동자 무너지겠지
그러나 시간을 믿는다
시간이 이루어 줄 것이다
시간에 청춘을 맡긴다
시간의 방향을 알기에
시간이 청춘을 데려갈 것이다
성불로 가고 있는 시간
집으로 데려가 줄 것이다
시간은 신의 방향으로 흐른다
시간의 방향은 신의 방향이다
신은 우리를 기다리고

우리는 신을 기다린다

시간이 해결할 것이다

시간이 되면 하나로 만날 것이다

겹의 단위 시간 갖고 온 빅뱅의 핏줄

청춘! 승리는 그대 것이다

36

공간을 확보하려는 지구 습성

공간을 정복하는 것이 지구 성공이라고

정복자들이 공간을 정복하기도 했으나

떠날 때 공간은 가져가지 못했다

가져갈 수 있는 것을 가지는 것이 성공이다

시간을 정복하길

가져갈 수 있는 건 시간이다

미움 질투 허영 시기⋯⋯에서 시간을 건져

독한 명상을 했다면 정복한 것이다

술 마약 도박⋯⋯에서 마음을 건져

시간 정복했다면 성공한 것이다

새로운 시간에 들어갈 때

시간이 정복한 것을 가져간다

그렇게까지 허덕이지 않아도 된다

시간과 공간의 주인이므로

많은 정복자들이 정복하려 했으나

ㅡ솔직히 뭘 정복하려 했는지?ㅡ

정복 대상은 시간이다

일용할 시간만큼
시간을 살려 온 것이다
우주 공간으로 해탈할 수 없다
시간으로 해탈이다
찰나 순결하게 대하고
순결한 찰나
순결한 영원 되는
시간 정복자

37

명상이 오기 기다린다

쳐들어간다고 획득할 수 없다

시간이 익으면 명상이 떨어지고

시간은 기다리는 것

기다림이 시간이다

시간에 슬픔이 오면 슬픔에 시간을 적신다

시간에 들락거리는 그것에 시간을 맡기는

명상 익는 소리가 들린다

시간이 충실하면 영근 단어 하나 뚝 떨어지고

단어 잡고 영글면 적셔진 글자가 되고

글자가 집중하면 명상 문장이 된다

시간마다 들어오는 글을 추수한다

시간이 남기고 간 흔적

명상으로 글을 추수한다

명상 속에서 본다

그 단어를 쓸 마음 됐나?

그 조사를 가져갈 경험 됐나?

그 목적어 주어 감탄사……

시간들이 명상으로 뭉치면

ㅁ과 ㅎ 엮고 ㅕ ㅗ와 ㅏ 연결하고

ㄴ ㅇ 붙여

시간이 명상에 들어가면 글을 만들어 준다

단어가 연이 되고 절이 되고

명상에 오래 적셔진 글

명상에서 시詩는 그렇게 걸어 나왔다

한 치의 오차 없이

명상만큼 글이 허락되고

엄격한 시간은 명상과 시에 냉정했다

38

흘러가는 시간

순간을 사진으로 잡아 놓듯

시간을 글로 찍어 남겼다

청춘을 찍은 시詩

노후를 찍은 시

시에 시간이 찍혀있다

1982년 시퍼런 단어가 있고

1991년 아가를 안고 셔터 누른 문장이다

2021 마스크 우울이 찍혀있고

노년의 주름진 글도 있다

시詩로 찍어놓지 않았다면

망각했을 시간

살았나?

흔적 없을 세월 글로 살았음을

글자로 셔터 누른 사진들이다

연필로 찍은 사진첩

39

소파에서 시간이 눕기도 하고

걸으며 시간 산소를 마시기도

뛰면서 시간 헐떡이기도

뛰기만 하면 시간 흘릴 수도

걷기만 하면 무료할 수도

앉기만 하면 시간 몽롱할 수도

시간 속 감각을 찾는다

시간 감각에 던진다

지구 감각에 시간을 묻는다

시간이 감각들에 묻힌다

시간 모으는 방법

24시간 시간 흘리지 않는

40

시간으로 얻은 명상은 빛이 될 것이고
한번 본 빛으로 빛이고 싶다
빛을 모으는 시간
한 번에 별처럼 빛낼 수 없다
빛을 내는 별
찰나를 모아 억겁의 빛을 얻었다
마음도 빛을 모을 것이다
별이 되고 싶은 마음
애당초 우리는 빛이었으니
칠흑 같은 존재라도 빛이 될 것이다
태생이 빛이므로
억겁의 시간을 준 이유다

화락천 하루 800년
타화자재천 하루 1500년
지구 하루 24시간
지구는 나약한 곳이다

방전되고 소등되고

바람 앞에 촛불 앞에

비상비비상 수명 8만 4000대겁

지구 수명 100년을 못 버티는 지구

풀벌레 수명이다

매미 여름 한나절 치열하게 울다 간다

잠자리의 탈피를 보면 숭고하다

100년이라도

우주 앞에서 뭉쳐진다면

시간 장인이다

알 수 없는 시간이 기다리고 있다

시간의 비밀

영문 모를 하루가 주어질 때 무작정 걷는다

시간을 믿는 것이다

41

전설로 듣던 시간을 알고 싶다

도솔천의 시간 비상비비상의 대겁시간

소겁 중겁 대겁…… 삼아승지 겁……

하루살이 지구

시간에 쫓기듯 임종이 온다

살았나 싶다

'고달픔' 한 글자로 기억된다

'100년 시간' 뺨 한차례 갈기고 간다

'서글픔'이 점 하나로 찍혀있다

'견딤'이 바람처럼 지나간다

노인 살았던가?

밤으로 밤을 보내고 화장실 들락거리고

먹을 것 장만하고 머물 자리 청소하고……

우주

조각 시간을 던져줬다

먹고 소화하는지

티끌이지만 진실한지

티끌이지만 소중히 여기는지

티끌 시간으로 대겁 훈련시킨다

냉정한 우주

무턱대고 대겁의 시간 주진 않는다

42

시간을 넘으며 선線들이 분명해지고
이유 없는 선들이 이유를 찾고
아쉬웠던 판단들이
완성되고
그은 선들이 방향을 찾았다
별들을 향해있다
별을 명상한 것이다
떠나도 되겠구나
별을 보며 시간을 본다
광년을 달려 빛을 내는 별
시간을 에너지로 바꿔 빛으로 반짝이는
시간에 진실했던 별은 빛이 되었다
시간의 은혜를 입어 별이 된 우주
지구에서 듣는다
옴 아라남 아라다
나모라 다나다라 야야 나막알야……
어둠을 벗으라는 별의 애기들

43

처음과 끝이 이어지면서
인과와 인연의 거미줄 촘촘하다
끊어질 듯한 원인과 결과의 시간
법法의 시간에 이어져 있다
거미줄이 사방으로 뻗어 나가면서
붓다의 인연이 이루어졌다
거미줄의 우주
마음에서 나온 줄이 시간과 공간을 이었다
연기는 내가 친 거미줄이었다
'나'와 '또 다른 나'의 시간들이 엮어가면서
우주 연기의 거미줄
풀래야 풀 수 없는
'나'의 줄이 '그'의 줄이고 '그'의 줄이 엮여
내 줄이 버티고 그의 줄도 살았다
'나'도 '또 다른 나' 하나의 시공에 살았고
그것은 하나의 거미줄 망網이다
다르게 보여도 하나의 빅뱅에서 실 잣았다

흑인이며 백인이고 이슬람이며 불교도고

힌두교인이며 기독교다

아시안이며 유럽이고 남미며 북미고

도솔천인이며 비상비비상인이고

다른 우주를 꺼내 새로운 시공에서도 하나다

원래 하나로 인印 쳐진 존재

미약한 찰나였으나

그 끝은 창대한 영원이었다

44

간절히 바라던 모든 것은
내가 아니라 붓다였다
붓다의 소원이 내게로 와 원願이 되고
달라는 건 기도가 아니었다
붓다를 '억지로' 믿는 것이 아니다
그대로 보는 것
나무가 하는 대로 꽃이 하는 대로
공전하는 대로 자전하는 대로
기도하지 않을 일에 필사적으로 기도했고
무명이 한 짓이다
얽매이지 않을 일에 시간을 투자했다
나무가 하는 짓이 아니다
금식禁食하며 기도했지만
우주는 법칙대로 돌아갔다
꽃들이 하듯이
붓디의 뜻을 보는 것이다
풀들이 하듯이

우주에 구걸해 얻을 것은 없다

우주는 이미 나의 것이고

태초부터 계획 되어진

착착 진척되는 코스모스

45

올라가 밑 투시할수록 균등했다

엮인 인연은 필연이었다

우연이나 이유 없음은 우주에 없다

태초부터 시작된 필연이다

인연이 엮여서 완벽한 존재들

ㅡ나ㅡ ㅡ또 다른 나ㅡ의 성불을 주재하는

올라가면서 분명했다

높이 오르는 마음이 이해를 잡을 것이다

마라에 잡히지 않는 반야

우주에 맡길 뿐이다

하소서!

우주여!

46

시달림으로부터

절박함으로부터

만다라로 도망친다

우주를 품은

먼 여행을 갔다 만다라에서 쉬고 있다

만다라는 도형과 색을 품고

붓다의 미소 완성하고 있다

어딜 그렇게 돌다 왔는지

만다라가 곁에 자리 잡으며

먼 여행 끝에 거룩한 성

만다라에 기댄다

찬란한 만다라

기쁨이 폭력적이게 온다

퍽!

광범위한 희열

긍정이 저돌적이다

전율이 폭포다

없을 땐 흔적도 없더니만

어딘가에 있었다

마음 어딘가에 있었다

없는 것을 꺼낼 수는 없다

멀리 고단한 여행을 했지만

무지개 너머도 없었다

마음속에 우주 품은 만다라가 있었다

47

잠 속으로 도망간다

신비한 꿈들의 형체

잠은 잠 이상의 것이다

신령의 땅

지구 이상의 무언가를

잠 속에서 잠의 꿈속에서

발굴해 온다

도망갈 비상구 EXIT

차원 넓어진 마음

경계를 밟고 한발 넘는다

지구 혁신 프로젝트 꿈이다

지구를 넘는 순간이다

'난다'는 본능 일깨워주고

또 다른 땅 우주 분명하고

꿈이 깊어질 때

완성체임을 알 때

피안을 건너고

우주 앞에 완전하라고
깊이로 광활하라고
넓음으로 깊어지라고
꿈은 차원을 증명했다
차원이 이루어진다 꿈

48

숨을 우주에 내놓았다

지구 공기다

들숨으로 우주를 마셨다

법法의 공기다

지구를 내쉬고 허파에 우주를 채운다

우주가 혈관으로 흐른다

눈귀코귀에 정토 냄새다

우주 냄새가 난다

우주 공기가 뇌 속에 있다

내리뜬 가느다란 눈에 우주가 보인다

기다린 때가 눈썹 밑에 있다

한 별의 공기가 아니다

이 별에 살면서 이 별을 깨닫고

저 별에 살면서 저 별을 깨달았다

별을 거처 삼아 알아 온 것이다

별을 깨달아 별들이 마음에 들어왔고

우주 공기에 마음이 있다

49

우주를 불신하는 마음은 정신 질환이다
성불에 접근하지 않는 정신은 질환이다
미움 질투 탐욕…에 담긴 마음은 지구 질환이다
성불의 방향으로 흐르지 않는 감정은 이상이다
지구가 정신 병동이다
성불을 바라볼 때
우주에 대한 믿음
정상의 정신은 그것이다
비로자불 화장세계
환희지
진격해 온다
부처의 눈을 하고 부처의 미소로 화답하는 시간
건강한 정신 상태다
올라서야 단계의 현상 보인다
오르지 않고 없다는 것은 이상이다
올라서 보는 희열은 건강한 상태
단계마다 새로운 별들이 있고

별의 흥분 맛본 정신은 건강하다

비로자나불 실존 세계

우주 인간이 상상할 수 없는 시공

그러나 인간이 잡아 건져야 하는

정신건강의 실체

50

마음에 도형을 그린다
우주가 들어오면 도형으로 대꾸한다
도형은 만다라가 될 것이다
둥그런 법열이 짜릿하다
우주 날아다닐 도형을 그린다
법열의 도형 제도製圖한다
휘청거릴 때마다 나타나던 인연들이 그렸다
슬픔으로 저리던 마음도 들어있다
우주를 설파하던 불경과 성경이 보인다
수소 질소 산소…로 왔던 마음
무명의 미움 울분으로 얻은 질환이 보인다
존재의 이유들이 보인다
불쑥불쑥 끝까지 포기 않던 교만
그 모든 것은 선線이 되고 원이 되고
찬란한 넓음
화려한 속도도 선으로 표현되었다
기다린 흔적

기다림을 넘은 우주의 때

우주의 시간이 옳다

신의 때가 긴 선線으로 계속되고

이어지면서 만다라가 되고 있다

51

'난다'는 걸 가르쳐 준 꿈

꿈은 마음에 그대로 흡수됐다

차원 다른 행동도 그대로 이해됐다

빅뱅 때 마음에 담고 온 추억이기 때문이다

그 시절 하던 행동이다

자유로웠고

그리고 날았다-지구에서 뺏긴-

신비!

다른 차원이다

깨끗한 땅이고

그래서 결벽증은 없다

별은 정갈했고

빛의 땅

지구는 깨끗한 별이 아녔다

배설하는 별 구토하는 별 코 흘리는 별…

-화장실 다녀왔습니까?-

그게 지구일 뿐

형벌

그러나 별에서 온 혈족

고상할 권리

깨끗할 권리

결벽할 권리

더러운 별에서 도망칠 권리 있는 족속이다

꿈이 증명했다

52

과거 미래가 연결돼 길이 됐고
공간과 공간이 이어져 길이 됐다
우주의 빛들이 길처럼 뻗어 있고
지구에 갇힌 줄 알았지만
우주 안이 온통 길이다
우리가 다닌 길 우리가 갈 길
마음이 살았던 길
마음이 물으며 찾던 길
별이 답한 길
외롭지 않던 길이다
거미줄처럼 우주를 관통하는 길
결국 붓다가 되기 위한 길이다
길을 믿는다
길을 가고 있을 뿐이다
우주 빛을 보고 길을 기억했다
도솔천 타화자재천 …… 비상비비상
우주 길을 보고

길이 마음이 되면서

무명이 사라졌다

우주는 지도를 보여주고

길을 증명하고

결국 성불의 길이라고

별들 따라 마음 날아다니고

별들이 길의 증인이 되고

그대들은 고귀한 혈통

별과 별 사이를 뚜벅뚜벅 가는 마음들

53

마음은

허접한 질문에

미묘한 답을 해줬고

심각한 물음엔 실체를 보여줬다

마음이 등불이 되어 돌아다녔던 길

별과 별을 건넜다

관자재보살도

오온이 공한 것을 등불을 비추어보았고

등불 들고 다니는 우주 나그네

별들도 마음의 등불 밝혀 길이 됐고

우주도 등대가 되어 길을 밝혔고

나그네 순례를 도왔다

등불로 우주 가득한

끝이 없는 이야기

죽음을 넘어 우주로 갈 마음

마음이 빛으로 밝히고 있다

우주는 마음이고 마음은 등불이다

별이 빛나면 길은 환하다

마음이 흐르면 등불 빛난다

54

건넌 것이다

뗏목을 버렸다

진실하여 헛되지 않으니

기쁨의 족속이란 걸

환희의 혈족

힉스 속 에너지는 기쁨

마음은 기쁨의 세포로 엮어져 있는

멀어지는 충격에 DNA 슬픔 얼룩져 있을 뿐

충만한 피가 흐르는 우주인이다

궤도를 돌며 시공 다가가며

슬픔 벗기고 있다

바람으로 털고 있다

말간 DNA 얼굴을 내민다

탕자가 돌아온 것이다

55

도솔천을 보기만 하면
도솔천은 도솔천일 뿐이다
도솔천이 마음에 들어오면 나의 도솔천이고
마음이 얻는다면 도솔천을 안 것이다
명상한 도솔천이 아니면
도솔천은 그저 별일 뿐이고
수행으로 본 것이 아니면
도솔천을 보지 못했다
선禪이 가져온 형상이 아니면
도솔천을 스치고 지나간 것이다
우주가 삼라만상으로 펼쳐있지만
듣지 않는 마음에는 삼라만상 없다
석가 설법 마음으로 들었다면 석가를 본 거다
석가 친견해도 깨닫지 못했다면
석가를 본 것이 아니다
지옥도 그 땅에서 얻었다면
마음은 지옥을 이겼다

지옥에서 깨달았다면

지옥에서 성불한 것이고

지옥은 성불의 땅이다

땅이 중요한 것이 아니다

땅에 간 마음

우주 장엄하게 펼치고 있는 건

별들 돌아다니며 진화 바라기에

우주의 존재 이유 마음의 진화

56

무지개 너머를 돌아다녔지만

마음 한 자락 잡는 방법

누구도 가르쳐 주지 않았고

배울 수도 없는

인간은 고독한 존재

고독하다면

대화를 시작한다

–나–와의 대화

명상 시작이다

별도 혼자 반짝이고

바람도 홀로 다닌다

–나–가 – 나–에게 대화하는 것

마음잡기 시작이다

마음과 말하는 것이다

명상은 그렇게 깊어지고

대화는 진해지고

누구와도 해본 적 없는 밀담

명상한다는 것은 우주인이라는 뜻

별도 달도 명상 에너지로 빛을 낸다

명상하지 않으면 지구 더 칠흑 같다

지구가 반짝인다면 누군가 명상하고 있다

57

희열의 나비

기쁨의 꽃

가릉빈가

깨달음의 정원

마음의 정원

마음 꽃 나비에 둘러싸였고

가릉빈가 날아다녔다

보석 나무들이 넝쿨을 쳤고

비방과 분노는 정원 뚫지 못했고

질투와 미움이 돋아나지 못했다

아름다움은 강했고

정원에 붓다들이 쉬고

보살들이 드나들었다

마라는 넝쿨을 넘지 못하고

금모래 깔린 호숫가 빨간 루비 집

육체는 늙음을 넘어 병이 파먹고

죽음으로 썩지만

마음을 파먹진 못했다

마음 뭉치면 십회향을 얻었고

창가 가릉빈가 소리에 십지를 알아들었다

58

거룩한 이름 성불은

멀찍이 바라만 보던 단어 성불은

저 멀리 우주 성스러운 성城이 아니었고

신들만이 입에 올리는 글이 아니고

순교자만이 부여되는 땅이 아니고

보살만이 밟는 성지가 아니고

아니고!

아니고!

'마음' 통제 능력이었다

걸리지 않고

넘어지지 않고

헛되지 않는

−마음− 다루면

'성불'했다

집으로 돌아온 것이다 그곳이 어디든

석가의 모든 말은

-마음- 두 글자로 남았다

-마음- 두 글자에

절을 올렸다

59

멀리 마음 저 위에 수미산이 보였다

비로자나불의 신비

수미산을 사방으로 더 아득히

4개의 별 무리가 떠 있고

마지막 우주 두레에

철위산이 금으로 둘러쳐 있다

비로자나불의 공덕

우주 바다 연화장세계

맨 아래 풍륜이 떠 있고

그 위 향수로 된 바다

향수 바다 가운데 연꽃

만발한 보배와 향기

붓다의 설법은 끝이 없다

아! 만다라를 이루었다

아! 마음 정원!

불교문예시인선 • 043

시간과 공간

ⓒ박지애, 2021, Printed in Seoul, Korea

초판 인쇄 | 2021년 11월 15일
초판 발행 | 2021년 11월 20일

지은이 | 박지애
펴낸이 | 문병구
편집인 | 이석정
편   집 | 구름나무
디자인 | 쏠트라인saltline
펴낸곳 | 불교문예출판부

등록번호 | 제312-2005-000016호(2005년 6월 27일)
주   소 | 03656 서울시 서대문구 가좌로 2길 50
전화번호 | 02) 308-9520
전자우편 | bulmoonye@hanmail.net

ISBN : 978-89-97276-56-1 (03810)
값 : 10,000원